B Bruño

Charlotte Habersack

Pipa Piperton es nueva en clase

Ilustraciones de Melanie Garanin

 Bruño

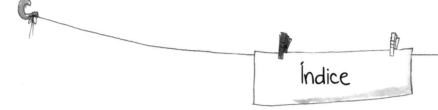

Índice

Pipa y Lucy

Pipa y Antón

Pipa y Emi

Pipa y Gloria

Pipa y Olivia

Pipa y la *Fósil*

PIPA y Lucy

1. A Lucy no le gusta el colegio

Lucy nunca tenía prisa por ir al colegio.
¡Pero ninguna! Cada minuto que estaba lejos de
la señora Tabaquen era un minuto de felicidad.
Si la profesora fuese una comida, Lucy
la calificaría de puré de espinacas con sesos.

—¡Hay que acelerar! —dijo la madre de Lucy,
vestida con su chándal rosa, que ya iba corriendo
delante—. Todas las mañanas la misma historia…
¡Ya voy tarde para mi clase de yoga de las ocho!

9

Pero cuando Lucy llegó al patio del colegio,
iba aún más lenta. Sencillamente pensaba que
las clases eran algo muuuuy rollo.

—Hoy viene una chica nueva —le comentó a su
madre—. De América.

—¡Genial! ¿Quieres invitarla a tu cumpleaños?

—¡No! —respondió Lucy mientras pensaba:
«¡Faltaría más!».

Solo podía invitar a cuatro personas.

Mejor dicho, a tres. Era obligatorio que Antón
fuese al cumpleaños. Lucy no quería invitarlo,
pero sus madres se conocían desde los cursos
de preparación al parto.

—¡Piénsatelo un poco! —le dijo su madre,
estampándole un ruidoso beso de despedida en
la mejilla.

Después se marchó corriendo embutida en su
chándal rosa.

Lucy suspiró antes de abrir la pesada puerta
del colegio.

—¡Pufff! —resopló al tiempo que subía la ancha escalera a auténtico paso de caracol—. ¿Invitar a mi fiesta de cumpleaños a una chica a la que no conozco de nada y que puede que se siente en un rincón y no hable con nadie? ¡De eso nada, monada!

La nueva ya había llegado cuando Lucy entró en clase. Estaba sentada en la mesa de la profesora, balanceando las piernas.

Todos la miraban fijamente, y es que Filipa Piperton era, sin duda, la chica más rara que se había visto jamás en un aula.

Lucy pensó que sus tirantes y su peinado eran un poquito ridículos. Además, llevaba unas botas verdes de *cowboy*… ¡hechas de piel de serpiente!

—Es horrible que esas botas sean de piel de serpiente —dijo Olivia, que era una enamorada de todos los animales (incluidos los mosquitos, las polillas o los gusanos), mientras señalaba enfadada las botas de Pipa.

—¿Horrible? —exclamó Pipa, clavando en Olivia sus ojos de color verde musgo—. ¡Yo te diré lo que es horrible! —añadió mientras se dejaba caer del borde de la mesa de la profesora y se plantaba delante de Olivia—. Lo horrible fue cuando dos monstruosas serpientes siamesas, parecidas a dos mangueras llenas de mocos, se precipitaron sobre unos inocentes conejos.

—¿De verdad? —preguntó Lucy, tragando saliva—. ¿Querían comérselos?

—¡Cristalino! —contestó Pipa, lo que significaba «¡pues claro!» o «¡exacto!»—. Eran unos conejitos recién nacidos. Por suerte, mi padre se puso en medio y consiguió acabar con las serpientes con su espada láser.

—¿Espada de láser? ¡Uau! —exclamó Antón, abriendo mucho sus ojos de color azul marino.

—¡Cristalino! —repitió Pipa—. Y después,
una india apache usó las pieles de las serpientes
para hacerme estas botas. ¿A que es increíble?
Lucy asintió con la cabeza: era increíble.
Muy sonriente, Pipa levantó una bota y dijo:
—¡Tocadla si queréis!

i... y las indescriptibles
botas de piel de serpiente!

Lucy y Olivia se acercaron.

Con mucho cuidado, tocaron la piel de las botas. Al no notar las escamas, se dieron perfecta cuenta de que la piel de serpiente no era auténtica.

—¿Dónde está la profesora? —preguntó Pipa, mirando a su alrededor.

—¿La señora… Tabaquen? —contestó Gloria, que siempre hablaba muy… muuuuy despacio—. Siempre viene… tarde —explicó mientras retorcía muy pensativa uno de sus rizos de color caramelo—. Probablemente… esté otra vez leyendo a escondidas… en el baño… una novela de amor.

—¿Es simpática? —quiso saber Pipa.

—Depende… —contestó Antón, encogiendo los hombros—. Si te gustan las momias antipáticas.

Emi, el más pequeño de todos, arrugó la nariz:

—Además, tiene pelos en la barbilla.

—¿Y qué? —replicó Pipa—. Mi padre también, y es supersimpático.

—Pero a ella no le gustan los niños —añadió Emi—. La señora Tabaquen debería estar en un museo de los horrores. Así, todo el mundo podría saber cómo NO debe ser una profesora.

—Bueno, todo el mundo sabe que el *tabaquen* es malísimo para la salud... —bromeó Antón.

—No deberíais hablar así —susurró Olivia—. Es nuestra profesora.

—Ya... Porque a lo mejor... no sabe hacer otra cosa —dijo a cámara lenta Gloria.

—No tiene nada bueno, la pobre —opinó Lucy.

—El otro día... le gritó a Emi —añadió Gloria.

—¡Eso!, y solo porque me había dejado la mochila en casa —refunfuñó Emi.

—¿Y qué? —preguntó Pipa—. Gritar no es malo. Depende de lo que se diga. A mí no me parece mal gritar cosas como «¡Me caes muy bien! ¡Ven a mi casa a tomar cacao y bizcochos!».

—Siempre que te guste merendar con una profesora —replicó Antón.

—¿Con una profesora? —repitió Emi—. ¡Más bien con un fósil tipo mamut! Mi madre siempre dice que las profesoras como la señora Tabaquen ya están extinguidas, así que...

Emi no pudo seguir hablando porque, en ese momento, el suelo de la clase empezó a temblar.

2

Se acerca la «Fósil»

Las puertas de cristal de la vitrina con los útiles
para la clase de plástica comenzaron a tintinear,
y todos los chicos corrieron hasta sus sitios.

La señora Tabaquen, que parecía ir envuelta en
un mantel de flores, avanzó por el aula y dejó
caer el bolso en su mesa.

—¡Seguro que tú eres la nueva! —dijo, tendiéndole
su enorme mano a Pipa—. ¿Filipa Piperton?

—¡*Sayonara!* —le respondió Pipa muy sonriente—.
¡Vaya, por fin ha llegado! Ya íbamos a empezar
sin usted.

—¿Sin mí? —dijo la profesora, mirando boquiabierta a Pipa.

—Sí, yo casi estaba a punto de volverme a casa ya, a aprender algo.

—¿A aprender algo? —repitió desconcertada la señora Tabaquen.

—No sé, por ejemplo, cuánto debe cocer la pasta para poder coserle unos tirantes de espagueti a un vestido —dijo Pipa—. O cómo hacerte tirabuzones, o ponerle un parche a la rueda de la bici. Cosas importantes para la vida normal.

—¡Pfff! —resopló burlona la profesora—. Menuda tontería. ¿Cómo van a ser importantes esas bobadas? —se colocó detrás de su mesa y se sentó en la silla—. Con todo eso no vas a ninguna parte. Algún día necesitarás tener una profesión, y para eso debes saber... otras cosas.

—¡Oh, yo ya sé muchas cosas! —replicó Pipa—. ¡Por ejemplo, sé escribir poesías! —y enseguida empezó a recitar—: «Una señora conducía una locomotora, pero en realidad quería ser pastora».

Lucy, Antón, Emi, Olivia, Gloria y todos los demás se echaron a reír.

Todos menos la señora Tabaquen.

—¡Silencio! —gritó, golpeando la mesa con el atlas.

Luego dijo muy seria:

—Filipa Piperton, es mejor que aprendas a escribir y a calcular bien, o nunca serás nada en la vida.

—Pero si ya soy algo en la vida —repuso Pipa—. ¡Soy muy alegre! ¡Y también una magnífica inventora y descubridora!

La señora Tabaquen lanzó un gruñido. Podía ser una especie de risa, pero sonaba exactamente igual que cuando *Hugo,* el perro salchicha de Olivia, vomitaba después de comer.

—Quien no aprenda, como mucho llegará a ser un perdedor —dijo la señora Tabaquen.

—¡De eso nada!—protestó Pipa—. ¡Los perdedores son incluso más importantes que los descubridores!

—Ah, ¿sí? ¿Y eso por qué?

—Pues está muy claro: para ser descubridor, primero tiene que haber alguien que haya perdido algo...

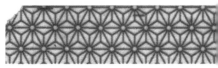

La profesora no se dejó convencer. Dio un par
de palmadas y los puso a todos a dibujar.

Tema: «Lo que quiero ser de mayor».

Mientras todos abrían sus estuches de dibujo,
la señora Tabaquen sacó su móvil del bolso y,
escondiéndose detrás del atlas abierto, tecleó un
par de mensajes.

Antón pintó dos enormes bolsas de dinero
porque él quería ser millonario.

Emi dibujó un taxi porque para él no había nada
mejor que ganarse la vida conduciendo un coche.

Lucy pintó una princesa con una corona dorada,
Olivia una veterinaria y Gloria se lo pensó mucho,
tanto… que sonó el timbre del recreo y todavía
no había empezado.

Pipa, en cambio, dibujó un piano porque tenía
muchas ganas de ser profesora de piano.

«¡Qué tontería!», se dijo, divertida. «¡Si ni siquiera
sé tocar el piano!».

3. Pipa ayuda a la «Fósil» a perder algo

—Pues la señora Tabaquen me ha parecido maja —dijo Pipa mientras jugaba con los demás en el recreo—. Quizá un poco gruñona, pero nada más. Seguramente por eso ha acabado siendo profesora. Aunque somos nosotros los que deberíamos enseñarle algo...

Pipa se balanceó cabeza abajo en uno de los columpios del patio, lo que provocó que se le cayeran de los bolsillos del pantalón dos gomas del pelo, cinco clips, un destornillador rojo y ocho caramelos de cola.

—Lo primero que vamos a enseñarle es lo importante que es perder algo —añadió.

22

—¿Por... qué? —quiso saber Gloria, que jugaba muy despacito a la goma con Lucy y Olivia.

—Está muy claro. Perdemos algo por ella... ¡para que pueda volver a encontrarlo!

Pipa se bajó de un salto del columpio y recogió todas las cosas que se le habían caído al suelo.

—¡Anda, si tenía caramelos de cola en el bolsillo! —exclamó—. ¿Queréis?

—¡Gracias! —dijo Antón, al tiempo que se metía un caramelo en la boca—. ¿Y qué vamos a perder por la señora Tabaquen?

—Algo que le guste mucho, claro —respondió Pipa.

—Su móvil —propuso Emi—. Siempre está mandándole mensajes al *Salchichita*.

—¿Al *Salchichita*?

—Es como llamamos al profe de gimnasia —explicó Olivia—. Es alto, muy delgado, y como vivió en Frankfurt, de donde vienen las salchichas...

Lucy suspiró:

—¡La señora Tabaquen está taaan enamorada de él! Pero, si se cruzan en el pasillo, no se atreve a hablarle cara a cara.

Cuando volvieron al aula, el móvil de la profesora estaba sobre su mesa.

Pipa miró a su alrededor en busca de un escondite.

—¿Y si lo metes en la vitrina de las cosas de plástica? —sugirió Olivia.

Pero Pipa sacudió la cabeza:

—Demasiado difícil. Ella tiene que encontrarlo. Se pondrá muy contenta y se volverá una descubridora.

—Pues, entonces, detrás de la pizarra —cuchicheó Lucy, que hacía guardia en la puerta. Desde allí podía ver a Emi, que estaba vigilando el pasillo escondido detrás de una planta.

A su vez, Emi tenía a la vista a Antón, que estaba detrás de una columna observando el baño de profesores, donde la señora Tabaquen seguía leyendo su novela romántica.

En cuanto se abrió la puerta del baño, Antón le hizo una seña a Emi y salió pitando.

Emi se arrastró por detrás de la planta y le hizo un gesto a Lucy, que avisó a Pipa:

—¡Date prisa! ¡Que viene la *Fósil!*

Y, justo en ese instante, Pipa encontró un buen escondite para el móvil de la profesora...

Todos los chicos ya habían entrado en la clase, y la señora Tabaquen les iba pisando los talones. Cuando entró en el aula, encontró a sus alumnos sentados muy formales y con cara de angelitos.

En la clase de *mates,* a Emi le tocó recitar la tabla del siete.

—Siete por uno, siete —dijo.

Luego siguió una larga pausa mientras contaba con los dedos por debajo de la mesa.

—Siete por dos..., catorce —añadió por fin, tan lento como Gloria.

La profesora empezó a buscar su móvil.

—Siete por tres... ¿veintidós? —siguió Emi.

Pero la señora Tabaquen no le hizo ni caso.

—¿Habéis visto mi móvil? —preguntó al tiempo que revolvía nerviosa en todos los cajones y también en sus bolsillos.

Al no encontrar nada fue a mirar al patio, al baño de profesores..., y al volver a la clase siguió con la búsqueda.

Ya no hubo más tabla de multiplicar ese día.

Y tampoco se abrieron los libros de lectura.

Cuando sonó el timbre, la profesora incluso se olvidó de ponerles deberes para casa.

Era la primera vez desde hacía cien años que Lucy
se sentía contentísima cuando su madre fue
a recogerla al colegio.

—Hoy ha sido divertido —dijo con una sonrisa
de oreja a oreja—. ¡Muy divertido!

Detrás de ellas sonó el timbre de una bici.

Cuando Lucy se dio la vuelta, allí estaba Pipa.

27

Su bici era de color rojo intenso, llena de banderines y adornos de plástico. En el manillar llevaba la cabeza de cartón de un caballito y unas cuerdas que hacían de riendas.

—He oído que el sábado celebras tu cumpleaños —dijo Pipa, y poniendo cara triste añadió—: Pero no podré ir hasta las doce o así. Es que, antes, tengo que hacer un puzle y cantar una canción.

—Pero si la fiesta empieza a eso de las cuatro... —replicó la madre de Lucy.

—Ah, ¡mucho mejor! —sonrió Pipa, y al momento cogió las riendas del caballo y gritó—: ¡¡Yihaaaa!! A continuación se marchó pedaleando en su bici mientras chasqueaba la lengua para que sonase como si fuera un caballo galopando de verdad.

Lucy y su madre se quedaron calladas, mirándola.

—¿Y qué te apetece hacer en la fiesta de tu cumpleaños? —preguntó al fin la madre.

—¡Da igual! —contestó Lucy—. ¡Lo importante es que venga Pipa!

PIPA y ANTÓN

4

A Antón no le gustan las fiestas de chicas

ANTÓN no tenía ni pizca de ganas de ir
al cumpleaños de Lucy. Prefería seguir luchando
contra Darth Vader con su espada láser.

—¡Deja tranquilo el abrigo negro de papá!
—le dijo su madre mientras descolgaba
del perchero el chubasquero de Antón—.
¡Ponte esto y vete ya o llegarás tarde, peluche!

—¡No me llames peluche! —se quejó Antón—.
¡Soy Luke Skywalker!

—¡Tienes chocolate en los mofletes, Luke
Skywalker! —le dijo su madre mientras
le limpiaba las manchas. Luego le alisó el pelo
y se dirigió a la puerta de la casa.

Mientras Antón se ponía las botas de agua,
su madre le metió un billete de 10 euros
en el bolsillo del chubasquero.

—Le compras un libro a Lucy, ¿de acuerdo?
—dijo mientras le daba a Antón un paraguas.
Él salió por la puerta caminando muy raro.

—¡Un momeeeeento! —lo detuvo su madre,
sacándole la espada láser de una bota—.
¡Esto se queda aquí! —luego le dio un beso
en la mejilla y le deseó que se divirtiera mucho.
«¿Sin la espada láser?», pensó Antón. «¡Seguro
que no!».

Cuando Antón salía de la tienda, Pipa se acercó
a él.

—¡*Sayonara*, Antón! —lo saludó muy sonriente—.
¿Por qué tienes que hacerle un regalo a tu dentista?

—¿Qué dentista? —gruñó Antón mientras se
colgaba del brazo la bolsa de la tienda—. Esto es
para Lucy.

—Ah, es que tienes cara como de ir al dentista.
¿No te apetece la fiesta de Lucy?

—Negativo —bufó el chico—. Las fiestas
de cumpleaños de las chicas son muy tontas.
Solo se hacen manualidades y se comen
magdalenas. Es como ir a un museo con mi
abuelita. Igual de interesante.

—Depende... —repuso Pipa—. En América,
por ejemplo, en los cumpleaños de las chicas
vamos de safari fotográfico, a hacer reportajes
sobre grandes animales salvajes, mientras que
en las fiestas de los chicos se les saca brillo
a los zapatos. En mi último cumpleaños,

capturé un avestruz y le enseñé a bailar sevillanas. ¿No es increíble?

—¡Uauuu! —exclamó Antón cerrando poco a poco la boca, que se le había abierto de par en par a causa del asombro—. En el último cumpleaños de Lucy, su madre nos prohibió saltar en las camas y después nos hizo salir de su dormitorio.

—Bueno, ¡entonces ahora es nuestro turno! —sonrió Pipa—. En cuanto la madre de Lucy empiece a saltar en las camas, ¡la echaremos de su dormitorio!

Antón dudó que eso pudiera suceder. «Al menos he encontrado un buen regalo para Lucy», pensó.

A la madre de Lucy le encantaba organizar fiestas de cumpleaños, a pesar de que daban un trabajo horrible. Había preparado *muffins* bañados en azúcar rosa y recubiertos de grajeas de chocolate.

También le había sacado brillo a la mesita de café del salón y había aspirado bien la alfombra blanca. Para que todo fuese a las mil maravillas, había planificado cuidadosamente las actividades del día: primero, los niños comerían unos dulces y beberían granizado de limón. Después harían manualidades por equipos y, para merendar, les daría miniperritos calientes. Al irse, cada uno recibiría un pequeño regalo.

La madre de Lucy acababa de guardar las bolsas de los regalitos en la cómoda del pasillo cuando Pipa y Antón aparecieron dando saltos.

—¡Hola a los dos! —los saludó amablemente—. Me alegro de que hayáis venido.

—Nosotros también nos alegramos de que usted esté por aquí —respondió Pipa con la misma amabilidad—. Oh, ¿esto es para mí? —exclamó, fisgando en la bolsa que llevaba su nombre—. ¡Gomas para el pelo! Nunca viene mal tener unas cuantas...

—¡No tan deprisa, jovencita! —la detuvo la mujer mientras le quitaba la bolsa—. Esto es para luego, cuando hayáis acabado las manualidades —y al momento cogió a Antón de la mano para arrastrarlo detrás de ella por el pasillo hasta el salón.

34

—¡Manualidades! ¡Ya lo sabía yo! —gimió el chico en un susurro mientras le lanzaba una mirada desesperada a Pipa por encima del hombro.

Antes de ir tras ellos, Pipa echó un rápido vistazo a la bolsa de Antón. ¿Y si fueran también gomas para el pelo...?

No, en la bolsa del chico había una bola con un pequeño dinosaurio encerrado en su interior.

A Pipa le gustó mucho más ese regalo.

5 Extraños regalos

Cuando todos los invitados estuvieron reunidos en el salón, la madre de Lucy tocó una pequeña trompetilla muy graciosa.

—¡Ya podemos empezar, chicos! —dijo en plan divertido—. Lucy, cariño, ahora deberías desenvolver tus regalos. Y después, ¡os podéis lanzar sobre los deliciosos *muffins!* —luego dio unos golpecitos en su reloj de pulsera—. ¿Creéis que puedo dejaros solos un ratito mientras bajo corriendo al supermercado? Se me ha olvidado el kétchup.

—¡Cristalino! —exclamó Pipa muy sonriente—.
¡Ánimo en su misión!

La madre de Lucy le echó una mirada dubitativa.
Pero cuando vio a los demás tan formales,
sentados en círculo en el suelo, se tranquilizó
y salió a la calle a toda velocidad.

Lucy colocó una botella de plástico vacía
tumbada en el centro del corro y la hizo girar.
Después de dar vueltas, aquel al que apuntase
el cuello de la botella debería entregarle su regalo.

La primera fue Olivia, que le dio un libro sobre
caballos.

—¡Gracias, Olivia! —sonrió Lucy.

Antón estaba contento de haber elegido un regalo
distinto.

Lucy hizo girar de nuevo la botella y esta vez
señaló a Pipa, que revolvió en uno de sus bolsillos
y, muy orgullosa, le entregó su regalo.

—¿Un rollo de papel celo? —preguntó Lucy,
desilusionada.

—Pero... si ni siquiera está... envuelto en papel de regalo —observó lentamente Gloria.

—¿Y qué? —se defendió Pipa—. No he podido envolverlo porque para eso habría tenido que usar el celo.

Gloria intentó reflexionar sobre el tema, pero eso le produjo un nudo en el cerebro.

—¿Qué puedo hacer con el celo? —preguntó Lucy.

—¡Está muy claro! —respondió Pipa, sujetando el rollo en su mano—. ¡Con él se pueden hacer montones de cosas! Por ejemplo, enrollarlo todo hasta formar una superbola y tirarla contra la pared para que se quede pegada —y entonces rasgó un pedazo de celo—. O pegarte un trozo un poco torcido en la nariz y en los mofletes hasta conseguir una cara guay de zombi.

Pipa se pegó el celo en la nariz y luego cortó dos tiras más.

Con una se estiró un párpado hacia abajo y con la otra se separó los labios hacia arriba.

Al terminar, su cara parecía la del jorobado
de Notre Dame.

—¡Yo también quiero! —gritaron todos los demás
a la vez.

Y no pararon hasta conseguir ellos también
unas fantásticas caras de zombis.

El siguiente paquete era de Gloria, y se trataba
de un vestido para la Barbie. Fue el primer
regalo de la tarde que realmente gustó a Lucy.
Por la mañana, su abuela le había regalado
una Barbie, y cuando se apretaba un botón
que llevaba en la espalda se oía:

—*Hola, soy Barbie Mariposa y vivo en el Reino
de las Hadas. ¿Nos vamos de compras? ¡Te quiero!*

—¡Esto sí que es chulo! —exclamó Lucy,
e inmediatamente le puso su nuevo vestido
a la Barbie—. Hace juego con sus zapatos
de tacón rosas —sonrió encantada, y le calzó
los diminutos zapatos.

—¡Eh, que falta mi regalo! —protestó Antón
mientras le daba a Lucy un paquete. Y para que
fuera más rápida, la ayudó a desenvolverlo.

—¿Una mano cortada de un hachazo? —preguntó
Lucy, poniendo cara de asco.

—Si le das cuerda, verás cómo avanza por la mesa
—le explicó Antón.

—¡Gracias! —exclamó educadamente Lucy, aunque sin mucho entusiasmo.

Y envolvió de nuevo la mano de plástico.

—Te voy a enseñar cómo funciona —le dijo Antón, desenvolviendo otra vez el paquete.

Le dio unas cuantas vueltas a una ruedecilla y colocó la mano sobre la mesita del salón. La mano empezó a avanzar. Gateó entre las servilletas, echó a un lado a un par de *muffins* y se estrelló contra el azucarero. Como si fuera una quitanieves, lo empujó a lo largo de la mesa y lo tiró al suelo mientras ella, desafiando a la muerte, caía a continuación. Quedó de espaldas, moviendo desesperada sus dedos como si fueran las patitas de un escarabajo boca arriba. Por suerte, el azucarero aterrizó sobre la blanda alfombra, aunque el azúcar salió disparado por todas partes.

—¡Oh, no! —chilló Lucy mientras corría a buscar la aspiradora.

Entonces aspiró a fondo el azúcar.

Quizá demasiado a fondo...

—¡Cuidado! —la avisó Pipa.

¡Demasiado tarde! La aspiradora ya se había tragado uno de los zapatitos rosas de la Barbie.

—¡Lo sabía! —exclamó Pipa—. ¡No se puede bromear con estos dragones domésticos!

—¿Qué dragón doméstico? —replicó Lucy.

Pipa señaló hacia el suelo.

—¿Te refieres... a la aspiradora? —preguntó Gloria.

—¡La «aspiratodo»! —corrigió Pipa—. ¡Para colmo, una CX 2000! Nosotros también tenemos una así en casa. Es un ejemplar especialmente peligroso. Muy voraz. Una vez devoró entero mi Lego transparente —dijo mientras sacaba del bolsillo de su pantalón un destornillador rojo—. Tenemos que abrirle la barriga para buscar el zapato de la Barbie. ¿Qué os parece?

Pipa contra la CX 2000

Lucy y los zombis de papel celo no lo tenían
muy claro.

—¿Abrir la aspiradora? —dijo Olivia—. Creo
que no deberíamos.

—¡Pero vamos a hacerlo de todas formas!
—exclamó Antón, deseando haberse llevado
su espada láser.

Pipa colocó un pie sobre la aspiradora.

—¡Claro que lo haremos! —dijo—. ¿No sabéis
que la «aspiratodo» se vuelve muy voraz en
cuanto ha comido por primera vez? Yo he

conocido ejemplares en América que se han
tragado las cortinas y el sofá de una casa y han
acabado devorando a una familia entera. Hubo
una CX 2000 que arrasó toda una pequeña
ciudad. ¿No es increíble?

Olivia asintió con la cabeza: era increíble.

—¿Y no será peligroso abrir la aspiradora?
—preguntó.

—¡Cristalino! —contestó Pipa—. ¡Puede que sea
incluso muy peligroso! Lo primero que debemos
hacer es tranquilizarla. Creo que lo mejor es que
le demos nuestros *muffins* para que coma. Cuando
ya esté llena, no nos atacará.

Los ojos de Emi empezaron a brillar.

—Venga, ¿a qué esperas? —animó a Lucy—.
Si no se ha parado con el zapato de la Barbie,
lo siguiente que devorará será el vestido. ¡Y, para
acabar, la muñeca! Así que...

Lucy apretó el botón de encendido, la CX 2000
soltó un aullido y todos se echaron hacia atrás.

—¡No tengáis miedo! —exclamó Pipa, y cogió
un *muffin* de la mesita—. Si ponemos la mano
totalmente plana, no podrá mordernos.

Pipa desmenuzó el *muffin* y colocó las migas
delante de la boca de la aspiradora. Sonó un *¡GLUP!*
y el *muffin* desapareció al tiempo que las grajeas
de chocolate tintineaban en el interior del tubo.

—¡Yo también quiero! ¡Yo también quiero!
—gritaron todos a la vez.

Olivia fue la única a la que se le ocurrió
preguntar:

—¿Y qué va a pasar cuando vuelva la madre
de Lucy?

—Tienes razón —dijo Pipa—. Vamos a dejar
un *muffin* para ella.

¡GLUP!

Así desapareció el siguiente *muffin*.

¡GLUP!

¡GLUP!

¡GLUP!

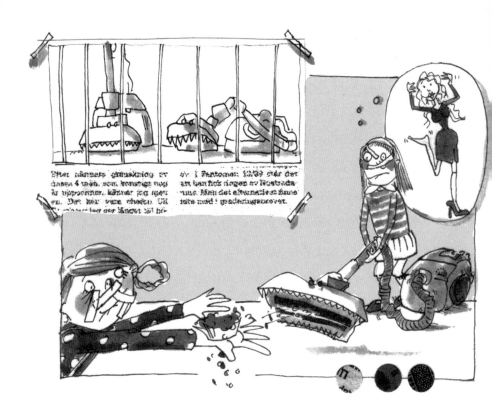

Uno tras otro, fueron engullidos por las voraces
fauces de la CX 2000. Pero la «aspiratodo» aún
no estaba llena, ni mucho menos.

—¿Y ahora? —preguntó Lucy cuando solo les
quedaba un *muffin*.

—¡Seguro que tu madre no nos dejará abrir
la aspiradora, Lucy! —avisó Olivia, preocupada.

46

—Bueno —dijo Pipa—, pues procuraremos que
la CX 2000 se ponga cada vez peor, pero de forma
controlada. Así vomitará y soltará ella solita
el zapato de la Barbie.

—Pero... ¿cómo? —quiso saber Gloria.

—Yo me puse fatal una vez que me comí una bolsa
entera de chuches a escondidas —confesó Antón.

—¡Cristalino! —contestó Pipa—. ¡Es una gran
idea! Eso le dará a la CX 2000 el golpe de gracia.

—Pero no tenemos chuches —replicó Emi.

—Entonces... —empezó Pipa.

—¡Sí que tenemos! ¡Yo sé dónde! —dijo Lucy,
y echó a correr en dirección a la cocina—. ¡Venid
conmigo! —gritó mientras abría la puerta de la
nevera y lanzaba sobre la mesa de la cocina una
pizza precocinada—. Mi madre siempre guarda
una bolsa de chuches aquí. Piensa que yo no
lo sé.

Lucy metió el brazo hasta el hombro en la nevera
y revolvió en el cajón de las verduras.

—¡Las tengo! —exclamó muy satisfecha mientras pescaba las chuches.

Nerviosos, todos se arremolinaron alrededor de la CX 2000.

Pipa tapó con papel celo casi toda la boca de la aspiradora, dejando solo un pequeño agujero para que absorbiese las chuches.

Antón colocó la primera en ese hueco y se dispuso a despertar al dragón doméstico.

Pero Lucy dijo:

—Esto tengo que hacerlo yo porque es mi fiesta de cumpleaños.

Antón le pasó la primera chuche y Olivia cerró los ojos.

Lucy pulsó el botón de encendido.

La «aspiratodo» lanzó un bramido.

Pocos segundos después se había zampado la bolsa de chuches. Enterita.

—Yo... no lo he... visto bien —se quejó Gloria.

Antón quiso conectar otra vez la aspiradora.

—¡Vamos a darle de comer otra cosa! —exclamó,
pero en ese momento se escuchó un traqueteo
en la barriga de la CX 2000.

—¡Funciona! —gritó Pipa, entusiasmada.

Los demás miraron fijamente (y con bastante
miedo) al dragón doméstico.

Y entonces se escuchó un estallido, luego saltó
la tapa de la aspiradora, se le reventó la bolsa
y expulsó una catarata de polvo que dejó unas
buenas manchas negras en la alfombra.

En un abrir y cerrar de ojos todo quedó como si,
en lugar de haberla limpiado esa misma mañana,
hiciese más de diez años que la madre de Lucy
no aspiraba aquella alfombra.

Pipa lanzó un grito de alegría porque, justo
delante de ella y en medio del polvo, apareció una
diminuta mancha rosa: ¡el zapatito de tacón de la
Barbie!

De repente se escuchó un segundo grito.

Uno muy largo, muy alto y muy agudo.

En la puerta de entrada estaba la madre de Lucy,
con un frasco de kétchup en la mano y chillando
como loca.

Pipa la tranquilizó:

—No tenga miedo. La CX 2000 está muerta
y bien muerta. Ya no podrá hacer más travesuras
—y, a modo de demostración, pulsó el interruptor
de encendido de la máquina, que, en efecto,
no hizo ni *puf.*

La madre de Lucy no dijo absolutamente nada.
Cerró los ojos muy despacio y los mantuvo así
unos segundos.

Cuando los volvió a abrir, ya no tuvo ganas
de celebrar ningún otro cumpleaños.

Ordenó a los chicos que dejasen todo limpio
como los chorros del oro y que luego se quedaran
sentados en el sofá sin que se oyera ni una mosca.
Y, como si fuesen las bolsas de regalo de la cómoda
del pasillo, todos debían estar colocados en fila
esperando a que sus padres fueran a recogerlos.

Cuando los padres llegaron, le prometieron
a la madre de Lucy que le traerían una
aspiradora nueva. Costaba 150 euros...
¡¡y pensaban comprarla con la paga semanal
de los chicos!!
Olivia calculó rápidamente que cada uno tendría
que pagar 25 euros y que, con una paga semanal
de 2, eso les iba a suponer 12,5 semanas sin paga.
—Me parece bastante justo —opinó Pipa—.
Al fin y al cabo, ¡hemos tenido la mejor fiesta
de todos los tiempos!
Antón dijo que Pipa tenía razón y que había sido
un cumpleaños estupendo. Y eso que no sabía
lo que iba a hacer con las gomas del pelo que le
habían regalado. Él hubiera preferido una bola
con un dinosaurio dentro, como la de Pipa.

PiPa y EMi

7

Emi puede ser enviado por correo

EMBUDO

EMi tenía una familia muy lista. Su padre era pediatra, su madre enseñaba informática en la universidad y sus tres hermanos iban al instituto. Emi era el único que se salía un poco de la norma. Su cerebro era como un colador. Cuando su madre le mandaba a la tienda, él siempre olvidaba lo que tenía que comprar, o bien decía «20 gramos» en lugar de «200 gramos» y volvía a casa con tres rodajitas de embutido.

Naturalmente, eso no llegaba para la cena de seis personas. Y menos cuando cinco eran chicos.

Emi se dejaba en casa la bolsa de gimnasia muchas más veces de las que recordaba llevársela.

Y cuando iba a hacer pis, siempre se le olvidaba subirse la cremallera.

La tabla de multiplicar tampoco era lo suyo.

Y la señora Tabaquen lo sabía perfectamente.

A pesar de ello, le preguntó una vez más:

—¿7 × 8?

—Bueno... ¿78? —improvisó Emi.

—¡56! —replicó enfadada la profesora mientras escribía la cifra en la pizarra—. ¿Y 8 × 7?

Naturalmente, se trataba de una trampa, pero Emi siempre caía:

—Pues... ¿unos 40?

—¡Grrrrr..., vuelven a ser 56, por supuesto! —gruñó la señora Tabaquen al tiempo que abría mucho los agujeros de la nariz, como si fuera un toro—. ¡A ver si alguien inventa pronto

un embudo con el que poder meter la tabla
de multiplicar en tu cerebro!

La profesora movió tanto los brazos que la tiza
saltó de su mano y aterrizó en un pliegue
de su vestido.

—¡Tocado y hundido! —exclamó Pipa,
impresionada.

Los demás se rieron por lo bajo. Incluso Emi
soltó una carcajada.

—¡Tú ríete...! —le advirtió la señora Tabaquen
mientras recuperaba la tiza de su vestido—. Pero
como mañana no te sepas la tabla de multiplicar,
te pondré un sello en la frente y te enviaré por
correo de vuelta a Infantil.

—Uffff..., ¡qué malas... pulgas! —comentó Gloria
al acabar las clases.

Y Olivia añadió:

—La profe está de muy mal humor porque ya no
puede mandarle mensajes al *Salchichita*.

—Y por eso la ha tomado con Emi —dijo Lucy—.
Casi le hace llorar.

—¡De eso nada! —saltó Emi—. A Gloria sí que
casi se le saltan las lágrimas. ¡Y mucho antes que
a mí!

—Claro... —admitió Gloria—. Pero solo... porque
me ha dado... lástima de ti.

—¿Lástima? ¿Lástima de qué? —se mosqueó Emi.

—Bueno, pues de que... no te sepas la tabla de multiplicar.

—¡Claro que me la sé!

—¡No... te la sabes!

—¡Que sí que me la sé!

—No entiendo lo que os pasa —se metió Pipa en la conversación—. ¡Que alguien no sepa calcular es fantástico!

—¿Fantástico? —replicó Emi, sorbiéndose la nariz.

—¡Cristalino! —exclamó Pipa, y lanzó al suelo su mochila para ir sacándola poco a poco de la clase a pataditas—. Cualquiera que no sepa calcular, tampoco se dará cuenta de cuándo lo ha hecho mal. ¡Igual que el que no tenga bici tampoco podrá sufrir jamás un pinchazo!

Muy pensativa, Olivia salió detrás de Pipa.

Ella tenía un monopatín, pero quería una bici desde hacía mucho tiempo.

—Además, Infantil no estaba nada mal —siguió Pipa—. Poder volver a jugar con los cochecitos y el Lego..., y sin que a nadie le importe la tabla de multiplicar.

Emi se lo pensó un instante.

—Me da igual. No quiero volver a Infantil —dijo mientras bajaba las anchas escaleras del colegio—. Y menos aún por correo. La abuelita nos mandó un paquete por Navidad que nunca llegó. ¿Qué pasa si me pierden también a mí?

—Eso podría estar bien —dijo Pipa, bajando los escalones de dos en dos—. Yo he oído hablar de un paquete que, por error, fue enviado a una reserva natural de África en lugar de llegar a una peluquería de París. Los pobres leones no tenían idea de qué hacer con aquel secador de pelo.

Emi se detuvo y se quedó mirando a Pipa con la boca abierta.

Poco a poco empezaba a tener miedo de que lo enviasen por correo de verdad.

—También se puede contratar un seguro —dijo
Antón—. Así se recupera el valor del paquete.

—¡Eh!, ¿es que no me he explicado? —chilló Emi,
y encogió un poco los hombros porque su voz
había retumbado por todo el edificio. Luego
siguió hablando un poco más bajo—. ¡No quiero
volver a Infantil! Además, mis padres tampoco
me dejarían. Ellos quieren que vaya al instituto y
que después sea informático o médico, así que...

—Ya —dijo Pipa, saltando de golpe los últimos
dos escalones—. Entonces no nos queda otra,
Emi: ¡tenemos que meterte la tabla de
multiplicar en la cabeza!

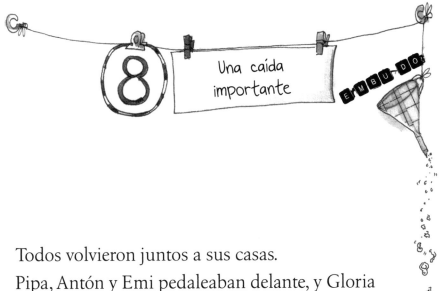

8 Una caída importante

Todos volvieron juntos a sus casas.

Pipa, Antón y Emi pedaleaban delante, y Gloria llevaba a Lucy en su bici.

Olivia iba detrás en su monopatín.

Y decidieron dar un pequeño rodeo por el parque.

Pasaron por delante del gran espacio de juegos con el barco pirata, y también por el quiosco de Rudi *Ojo de cristal*.

En la mano izquierda de Rudi siempre había una botella de limonada.

—Los números no son lo tuyo, ¿verdad? —le dijo Pipa a Emi.

—Alguno de ellos sí; por ejemplo, el 16 —repuso él—. Porque mi cumpleaños es el 16 de mayo.

—¡Y el mío el 3, tío! —exclamó Antón, y los dos chicos chocaron esos cinco.

—¡Entonces soy mayor que tú! —sonrió Emi, encantado, mientras empezaba a pedalear más deprisa para adelantar a algunos cochecitos de bebés.

—¡Nooo! —replicó Antón, siguiéndolo de cerca—. ¡Yo soy mayor! ¡Porque mi cumpleaños es el día 3 y el tuyo es el 16!

—¡Por eso! —siguió Emi—. 16 es más que 3, y por tanto...

—¡Pero el día 3 es *antes* que el día 16! —insistió Antón, que se iba enfadando poco a poco—. ¡Así que yo nací primero!

Emi ya no pudo decir nada más porque, en ese momento, su manillar se quedó enganchado

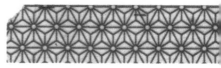

en el de Pipa, sus bicis se entrelazaron como si se quisieran mucho y, describiendo un arco muy alto, Emi y Pipa volaron por los aires y aterrizaron en la hierba.

—¡Ufffffff! —Emi se sujetó la pierna y cojeó un poco.

Apretó con fuerza los dientes y se quitó algunas briznas de hierba de la rodilla.

No quería llorar con todos a su alrededor, especialmente cuando Pipa se había levantado enseguida tan campante.

—¡Bravo, *Leonardo!* —exclamó Pipa mientras le daba unas palmaditas cariñosas a su bicicleta.

—Pero ¿qué estás haciendo? —le preguntó Emi, sorprendido.

—Nada, ¡solo felicito a *Leonardo!*

—¿*Leonardo?*

—Mi montura de metal.

—¿Felicitas a tu bicicleta? —Emi carraspeó un poco—. ¿Y por qué? ¿Porque nos hemos caído?

—No, *Leonardo* me ha tirado al suelo porque quería decirme algo —explicó Pipa.

—¿Decirte... algo? —Gloria abrió mucho los ojos, sorprendida.

—¡Cristalino! —respondió Pipa—. *Leonardo* me ha enseñado cosas geniales. Un día me tiró justo en un sitio en el que encontré una enorme pepita de oro. Y otra vez, en medio del desierto, me tropecé con una lentilla que había perdido una chica en el año 1950. ¿No es increíble?

Los demás asintieron: era increíble.

—Luego se la devolví a la chica y ella se alegró mucho de poder volver a ver bien después de tanto tiempo —siguió Pipa—. Se echó a llorar de alegría y me abrazó. Lo único malo es que la historia tuvo un final triste...

—¿Un final triste? —preguntó Olivia con cara preocupada.

—Sí —contestó Pipa—. Era la primera vez que la chica veía bien a su marido y, por desgracia, ¡era más feo que una tortuga!

—Pero si esa chica perdió la lentilla en 1950..., entonces ahora sería ya una anciana —dijo Lucy.

—Sí, tienes toda la razón —reconoció Pipa—. Así que... ¡vamos, gente, antes de que nosotros nos hagamos viejos también! ¿A qué esperáis?

»Traedme todo lo que encontréis por el suelo. *Leonardo* nunca se equivoca. ¡Por aquí tiene que haber algo interesante!

Todos se pusieron a buscar, pero no encontraron más que un chupete, un molde viejo de arena, un paquete de pañuelos de papel y un pequeño embudo de plástico.

—Solo son porquerías —dijo Emi, decepcionado, removiendo todas aquellas cosas con un palo.

—¡No digas eso! —replicó Pipa—. Cuando se descubrieron los primeros escritos de los antiguos egipcios, al principio nadie entendió lo que querían decir.

—El chupete y el molde de arena nos están diciendo que por aquí cerca hay un arenero para jugar —señaló Antón—. Pero eso ya lo sabíamos de antes.

—El chupete también podría ser una señal
de que Emi debe volver a Infantil... —apuntó
Lucy.

—¡Y los pañuelos podrían ser una señal de
que pronto te va a sangrar la nariz! —gruñó
Emi mientras cerraba un puño justo frente
a la cara de Lucy.

—Y no os olvidéis de esto... —dijo Pipa,
señalando el embudo que acababan de
encontrar—. ¡Esta es la solución para nuestro
problema!

Los demás se miraron sin entender nada.

—¿Este embudo cutre? —preguntó Antón—.
¿Y qué quieres que hagamos con él?

—¿Pues qué va a ser? —Pipa entornó los ojos
con entusiasmo—. ¡Este es el embudo del que
hablaba la señora Tabaquen! Ella dijo que,
si no encontrábamos uno, jamás conseguiríamos
meter la tabla de multiplicar en la cabeza
de Emi.

—¡Uauuu! —Antón silbó entre dientes mientras miraba impresionado a *Leonardo*.

—¡Guay! —exclamó Emi, aunque no tenía la menor idea de cómo funcionaba lo del embudo.

Pipa inventa
lo del embudo

EMBUDO

Emi pensó que la habitación de Pipa no tenía
el mismo aspecto que la de cualquier otra chica
de su edad. Era más bien como un taller.
Un taller en el que hubiera estallado una
bomba...
Había herramientas esparcidas por todo el suelo,
y enormes estanterías llenas hasta los topes de
libros, muestras de rocas y reproducciones de
escarabajos. También había una colección
de avispas de plástico, un microscopio, un globo
terráqueo y un pollo disecado. En las paredes
colgaban diversos mapas y el alfabeto Morse.

Una cuerda de la ropa cruzaba la habitación,
y en ella había colgadas varias fotos,
un destornillador y una zanahoria.

Junto a una cocinita de muñecas reposaba
una vieja radio, y sobre la mesilla de noche
había un bote de mermelada a medio comer.

—¡Oh, qué encanto! —exclamó Olivia,
sacando una rata blanca de su jaula.

—Esa es *Edison* —le explicó Pipa mientras
cogía de una de las estanterías un diccionario
forrado en cuero y empezaba a hojearlo—.
C, D, E… ¡Aquí! —con el dedo índice apoyado
en la página, empezó a leer en voz alta—:
«Método del EMBUDO: Se refiere, en tono
de broma, a una técnica de enseñanza que no
necesita de esfuerzo alguno».

—¡Pues suena muy bien! —se animó Emi.

—«Con este método, hasta el peor estudiante
aprenderá sin cansarse» —Pipa levantó la vista
de su peculiar diccionario y sonrió a Emi—.

¿Has oído? ¡Te convertiremos en una máquina de aprender! ¡Y sin cansarte! ¡Va a ser divertido!

Lucy arrugó la frente:

—¿Y eso cómo se hace?

—Bueno, como dice aquí —Pipa señaló la ilustración que venía en su diccionario: un chico con un embudo en la cabeza y un hombre vertiendo en él gran cantidad de números. Debajo del dibujo decía:

Este mal estudiante se convirtió en un famoso científico, ¡ese es el poder del embudo!

—¿Lo veis? —dijo Pipa—. Es muy fácil: solo hay que usar el embudo con Emi, llenarlo con la tabla de multiplicar... ¡y su cerebro funcionará él solo!

De repente, Emi ya no estaba tan entusiasmado:

—¡No quiero que me hagáis un agujero en la cabeza! —Pues podemos utilizar alguno de los que ya tienes hechos —dijo Antón.

—¿Los que ya tengo hechos? —gimió Emi.

—¡Cristalino! —exclamó Pipa—. Tienes cinco:
la boca, los agujeros de la nariz y los de las orejas.
Elige uno.

Emi no se lo pensó mucho: la oreja izquierda.
Pipa le puso el embudo.

—Y ahora lo rellenaremos con la tabla de
multiplicar —dijo.

—¿Cómo? —preguntó Olivia, que estaba sentada
en el suelo, jugando con *Edison*.

—Lo mejor es que cada uno hable por el embudo.

—¡Eso jamás funcionará! —replicó Lucy.

—¿Y por qué no?

—Pues porque, al ponerlo de lado, todo se va
a salir del embudo.

A Pipa se le ocurrió algo: tumbó a Emi de modo
que el embudo quedara mirando hacia arriba.

—Yo empiezo —dijo Antón, inclinándose
sobre la cabeza de Emi.

—¡1 × 1 es 1! —chilló dentro del embudo.

Emi apartó la cabeza de inmediato.

—¡No me chilles en el oído! —gritó—. Además, la tabla del 1 ya me la sé. Puedes olvidarte de ella.

—Mucho mejor —dijo Antón, y continuó en voz más baja—: 2 ×1 son 2, 2 × 2 son 4, 2 × 3 son 6... Y todos fueron cantando ordenadamente la tabla de multiplicar a través del embudo. Gloria habló tan despacio que Emi se quedó dormido. Incluso roncó un poco. Pipa miró en el diccionario, pero allí no decía nada de si lo del embudo funcionaba también mientras dormías.

—Vamos a hacer una prueba —dijo, despertando a Emi—. ¿9 × 8?

—¿Eh? —preguntó Emi, medio dormido.

—¿7 × 2? —preguntó Antón.

—13 —respondió Emi con un bostezo.

—Pues no ha funcionado —comentó Pipa, decepcionada.

Emi no estaba dando las respuestas correctas.

—Vamos a probar con la boca —dijo Pipa.

Fue a la despensa y cogió un sobre de sopa de letras y un cubito de caldo concentrado.

Mientras tanto, Antón trajo agua caliente del cuarto de baño en un vaso de lavarse los dientes.

Pipa colocó una pequeña cazuela en la cocinita de juguete, Antón echó el agua dentro y Lucy desenvolvió el cubito de caldo. Gloria lo removió todo hasta que el cubito se deshizo por completo, y Olivia y Emi se dedicaron a buscar los números en el paquete de sopa para así completar la tabla de multiplicar. Luego los echaron a la cazuela.

Una vez que la sopa estuvo hecha, Emi se tumbó y se puso el embudo en la boca.

Cucharada a cucharada fueron echándole las tablas de multiplicar del 3, el 4 y el 5.

En la tabla del 6, Emi arrugó la nariz.

En la del 7 se quejó.

Con la del 8 casi se ahoga y escupió el embudo.

—No funciona —gimió—. La del 8 nunca me ha gustado, pero...

—¿8 × 6? —probó Pipa.

Emi se limitó a eructar.

—No le ha sentado bien —dijo Olivia—. Por la boca tampoco ha funcionado.

—¡Espera! —gritó Emi, incorporándose—. ¡Tengo una idea! —y sacó su carpeta de la mochila—. ¡Aquí están todas las tablas de multiplicar!

Entonces cogió las hojas con las tablas y las rasgó en trocitos.

Emi volvió a tumbarse, se colocó el embudo en la nariz y dejaron caer en él los trocitos de papel.

Los números fueron cayendo uno tras otro.

Aquello no cansaba, ni daba arcadas..., pero hacía cosquillas.

—At... at...

A punto de estornudar, a Emi se le escapó un moco negro por la nariz, y como casi siempre se le olvidaba todo, olvidó taparse con la mano...

—¡Atchísss! —resopló mientras un trocito de tabla de multiplicar aterrizaba en el jersey de Olivia.

—¡Puajjjj! —chilló ella—. Me has tirado un
moco. ¡Qué ascoooo!

—¡Vete a la porra! —gritó Emi, y salió
corriendo... con la nariz llena de números.
De camino a casa, las tablas de multiplicar no
pararon de bailar ante sus ojos, y ya en su cuarto,
se puso a estudiarlas como loco de nuevo, por si
esta vez funcionaba... Las cifras siguieron dando

74

vueltas en su cabeza durante la cena, cuando se lavaba los dientes e incluso mientras dormía.

A la mañana siguiente, Emi se sentó a desayunar con sus hermanos. Se comieron los cereales haciendo mucho ruido y no se dieron ni cuenta de que Emi estaba muy pálido.

Él no tenía hambre. Y estaba muerto de miedo.

Se marchó al colegio muy angustiado.

En la calle se encontró con el cartero y le entró más pánico todavía... ¿Funcionaría lo de haber estudiado? ¿O le mandarían hoy por correo otra vez a Infantil? ¿Y en qué país aterrizaría? ¿En Angola? ¿Armenia? ¿Azerbaiyán?

Emi conocía bien el mapa del mundo y no quería irse ni aunque fuera al pueblo de al lado.

—Bueno, vamos a ver... —cuando la señora Tabaquen se colocó delante de Emi, él temblaba igual que los bigotes de *Edison*—. ¿Cuánto es 6 × 7? —le preguntó.

—¿42? —contestó Emi sin saber de dónde había sacado aquel número.

Muy impresionada, la profesora levantó las cejas.

—¿8 × 9?

—¡72! —dijo Emi sin pensarlo.

Desconfiada, la señora Tabaquen se apoyó en su mesa y lo miró directamente a los ojos.

—¿Y 4 × 4?

Emi sonrió. Muy fácil. La solución era su número favorito, el día de su cumpleaños.

—¡16! —respondió mientras pensaba:

«¡Ha funcionado! ¡Guay! ¿Qué es lo siguiente que me apetece aprender?».

PIPA y GLORIA

10
Gloria se muere de miedo

GLORiA no quería acompañar a su madre
a la peluquería. Siempre que iba con ella,
¡se tiraba allí una eternidad!: lavar, cortar, teñir...
Pero tampoco le apetecía quedarse en casa.
En cambio, Quique, su hermano pequeño, siempre
quería acompañar a su madre a la peluquería
porque allí le dejaban barrer el pelo cortado
y quedarse con él.

Y Lucas, el hermano mayor, siempre tenía cosas que hacer. Esta vez quería enseñarle a Fede, su mejor amigo, la pista de carreras que había montado con su padre en el sótano.

Su madre le dio dos euros a Lucas, pero antes, él tuvo que prometerle que iba a quedarse con Gloria y a jugar con ella.

—Podéis salir al jardín —dijo la madre—. Hoy hace un día estupendo, muy soleado.

Lucas dijo que sí con la cabeza, pero tan pronto como su madre y Quique salieron por la puerta, cogió las llaves del sótano.

—No puedes... hacer eso —se quejó Gloria—. ¡Tienes... que jugar conmigo!

—Si lo cuentas, serás una chivata —le advirtió Lucas.

Gloria se quedó pensativa. No quería ser una chivata.

—¿Y entonces... qué hago? —preguntó.

—¡Vente abajo!

Gloria sacudió la cabeza. Le espantaba el sótano.

—Eres una miedica —le dijo Lucas.

—De eso... nada —contestó Gloria.

—Claro que sí —insistió Lucas—. Si no te atreves a bajar al sótano, eres una miedica.

—¡Pero mamá te ha dicho... que juegues conmigo en el jardín!

Lucas se lo pensó un momento.

—Vale —dijo por fin—. Te doy 20 céntimos si bajas conmigo al sótano.

—Un euro —pidió Gloria, esperando que Lucas no aceptase.

—50 céntimos —replicó Lucas.

—80 —dijo Gloria.

—¡Hecho! —exclamó Lucas, cerrando el trato.

Le dio el dinero a Gloria y llamó a Fede.

Pero su amigo todavía tenía que comer.

—Hoy toca *pizza* —dijo Fede.

—¡Voy a buscarte! —respondió Lucas.

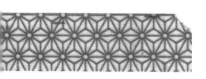

Gloria se sentó en la valla del jardín y se echó a llorar.

—¡*Sayonara*! —la saludó Pipa al pasar por delante de la casa—. ¿Por qué lloras?

—Porque... no quiero ir... con Lucas y Fede... al sótano —sollozó Gloria.

—Pues no vayas —le dijo Pipa.

—¡Pero... tengo que ir! Lucas... me ha dado 80 céntimos... para que vaya.

—¿Y si se los devuelves?

—Ya no puedo... Me los he... gastado —y le pasó a Pipa una bolsa llena de ratones de gominola—. Además, él pensaría... que soy una miedosa.

—Bueno, ¿y qué? —Pipa se sentó a su lado en la valla, sacó un ratón de la bolsa y le mordió la cola—. ¿Tú sabes que en América es un gran elogio que te llamen miedica? Allí, todo el mundo quiere serlo. Una vez al año, hasta se hace una fiesta para elegir al supermiedica más miedica de todos. Y quien gana el concurso

puede subir durante toda su vida gratis al tren
fantasma de cualquier parque de atracciones.
¿No es increíble?

Gloria asintió: sí que era increíble.

—Yo gané un año —le contó Pipa, orgullosa—.
Fue porque me asusté de mi propio reflejo en un
espejo.

—Pero yo... no quiero ser una miedosa —dijo
Gloria—. Y menos aún... delante de Fede,
que es... muy guapo.

—Está bien —dijo Pipa—. Entonces nos
ocuparemos de que ellos dos sean los
supermiedicas. Si conseguimos que Lucas
y Fede no quieran ir al sótano, tú tampoco
tendrás que bajar.

Gloria la miró totalmente sorprendida.

—Pero... ¿cómo vas a hacer eso?

—Ya lo verás —respondió Pipa, saltando desde
la valla—. Venga, ¡vamos a llamar a los demás!
Te apuesto lo que quieras a que, cuando hayamos
terminado con Lucas y Fede, preferirán jugar
a las muñecas.

11.
Rudi
«Ojo de cristal»

—¡Uauuu! —exclamó Antón al escuchar el plan de Pipa—. Es una idea guay. ¿Cómo la ponemos en marcha?

—Lo más importante es... que tiene que estar todo a oscuras —explicó Gloria.

—¡Claro! —le dio la razón Emi—. El sótano de mi casa es tan oscuro que yo ni me atrevo a bajar ahí... —dijo, y enseguida miró preocupado a sus amigos—. Bueno, ahora ya sí que me atrevo. Eso solo pasaba cuando era pequeño —aclaró con voz muy segura.

—Bien —dijo Pipa—, lo de la oscuridad es fácil. Solo tenemos que desenroscar las bombillas.

—Yo puedo hacer chirriar la puerta y reírme de una forma espantosa —propuso Antón—. Algo así: ¡JE, JEJÉ, JEJEJÉ! ¡Se van a morir de miedo!

—Con eso... no basta —replicó Gloria—. Tienen que llevarse... el susto de su vida.

—Pues podemos contratar a la señora Tabaquen —bromeó Lucy—. Cualquiera que la vea se morirá de miedo.

—Pero no Lucas y Fede; ellos ya la conocen —intervino Olivia—. ¿Y qué os parece utilizar a *Edison?* Podría corretear suelta por ahí.

—¿Quién se va a asustar de una ratita que parece un peluche? —saltó Pipa, nada convencida—. ¡Son los animales más preciosos del mundo!

—Eso es verdad —añadió Olivia—. Pero si *Edison* anda suelta por ahí, y nadie sabe de quién es, y además, todo está completamente oscuro, la puerta chirría y alguien se ríe de forma

terrorífica…, seguro que Lucas y Fede acabarán
de los nervios.

—Vale —contestó Pipa—. Vamos a intentarlo.

—Además, podemos hacer unos agujeros en unas
sábanas y jugar a los fantasmas —dijo Antón—.
Mi madre acaba de comprar unas nuevas. Si
queréis, puedo ir a por ellas.

—No —dijo Pipa, y sus ojos empezaron a
brillar—. Se me ha ocurrido algo mejor… Tenemos
que ir al quiosco. ¡Vamos! ¡Seguidme!

—¿Qué decís que tengo que hacer yo?
Sin entender nada, Rudi *Ojo de cristal* miraba a
los chicos con su ojo izquierdo.
El derecho seguía mirando su botella de limonada.

—Asustar al hermano de Gloria —le explicó Pipa
por segunda vez.
Ella pensaba que Rudi era un tipo muy majo,
pero no demasiado listo.

—Es muy fácil —le dijo—. No tienes que hacer nada. Solo venir.

Rudi no acababa de entenderlo.

—Y no es que tú seas horrible —añadió Olivia para tranquilizarlo—, pero ya sabes..., ¡es tu ojo de cristal!

Pensativo, Rudi dio el último trago a su limonada.

—¿Y qué me daréis a cambio?

—¿Qué quieres? —le preguntó Pipa.

Rudi dejó la botella vacía en el mostrador del quiosco y levantó tres dedos.

—¿Tres limonadas? —Pipa sacudió la cabeza—. No puede ser. Lo primero, porque la limonada tiene mucho azúcar y eso no es bueno para la salud. Y lo segundo es que no tenemos dinero. Solo ratones blancos de gominola.

Gloria, que se había escondido detrás de Pipa porque Rudi le daba algo de miedo, le pasó temblorosa la bolsa de chuches.

Pero a Rudi no le gustaban esos ratones.

Rudi «Ojo de cristal»

—Pues entonces nada —dijo muy ofendido mientras se echaba la coleta por encima del hombro.

Eso hizo que Antón tuviera una idea.

Rápidamente rebuscó en los bolsillos de su pantalón.

—¿Y qué te parece esto, tío? —le preguntó,
colocando bajo las narices de Rudi las gomas
del pelo que le habían tocado en el cumpleaños
de Lucy.

—Mmm... —dijo Rudi, valorando la oferta.

—Nunca se tienen demasiadas gomas para
el pelo —acabó Antón, para ayudarle a decidirse.

—Bueno, vaaaale —aceptó por fin Rudi—. Pero
primero tengo que hacer unos recados.

Pipa miró a los otros con cara interrogante.

Gloria asintió con la cabeza:

—De acuerdo, pero después... te vienes, ¿eh?
¡Y rapidito!

—Ya sabes la dirección —añadió Antón, y puso
las gomas del pelo en la mano de Rudi.

—Yo no se las habría dado todavía —dijo Olivia
cuando Rudi ya se había ido—. ¿Y si no viene?

—Tonterías —lo defendió Pipa—. Seguro que
viene. Solo tiene que hacer unos recados para
reunir valor.

En el camino a casa de Gloria pasaron por delante de la de Lucy.

—¡Esperad! —exclamó Pipa—. ¡Tengo otra idea!

Agarró de la mano a Lucy y se metió con ella en su casa.

—¿Qué queréis... hacer con la Barbie? —preguntó Gloria cuando sus dos amigas volvieron a salir.

—¡Está muy claro! —respondió Antón—. Todos los chicos pensamos que las Barbies son horrorosas. ¡Seguro que a Lucas y a Fede les va a dar un buen susto!

—Exacto —sonrió Emi—. Saldrán corriendo y dando gritos.

—Esperad un momento... —dijo Pipa, muy misteriosa, señalando un botón que había en la espalda de la muñeca—. ¡Barbie Mariposa puede hablar!

Antón soltó un bufido:

—¡Huy, sí! *¿Nos vamos de compras?* y *¡Te quiero!*
Es algo para morirse de miedo.

Lucy había colocado la Barbie justo debajo de la nariz de Antón.

—¿Y eso? —preguntó Emi, asombrado.

—Esta Barbie Mariposa tiene un micrófono incorporado —explicó Lucy—. Durante cinco segundos, puedo grabar lo que quiera. ¿A que estáis alucinados? —y se puso a toquetear el botón de la espalda de la Barbie—. Incluso puedo subir el volumen de la voz.

—*¡Huy, sí! ¿Nos vamos de compras?* —dijo la Barbie con una voz muy profunda.

—Es guay, ¿a que sí? —preguntó Pipa, y a continuación puso un paquetito en la mano de Antón—. Y para ti también hemos traído algo...

12

Pipa ayuda a Gloria a dar un buen susto

—¿Y? —preguntó Gloria mientras Pipa se asomaba por la ventana enrejada del sótano—. ¿Ya... viene?

—¡Todavía no!

—Nos está tomando el pelo —se enfadó Olivia—. ¡Ya os lo dije! ¿Por qué le habéis dado antes las gomas del pelo? ¡Siempre se debe pagar después!

Pero Olivia no era justa con Rudi *Ojo de cristal*. Se podía confiar al cien por cien en él.

—¡Ya viene! —exclamó Pipa—. Pero... ¿qué está haciendo? ¡Va a llamar al timbre de la puerta!

Gloria se subió junto a Pipa en un viejo sillón
del que ya se salían los muelles.

Efectivamente, Rudi estaba delante de la puerta
y curioseaba el rótulo del timbre.

Pipa quiso llamarlo, pero de pronto un coche se
detuvo delante de la casa. La madre de Olivia
se bajó y fue hacia la puerta llevando la compra.

—¿Qué hace usted aquí? —preguntó al tiempo
que miraba a Rudi con la nariz un poco arrugada.

—Esto..., he quedado aquí —medio tartamudeó
Rudy—. Con... una tal... Greta.

—Aquí no hay ninguna Greta —contestó la
madre de Olivia, molesta.

—¿Gracia? —Rudi lo intentó de nuevo—. ¿Gabi?
¿Gisela?

—Seguro que se ha confundido de puerta —dijo
la madre de Olivia, deslizándose hacia el pasillo
de su casa.

Le cerró la puerta en las narices a Rudi y echó
el pestillo.

—¡Eh, Rudi! —gritó Pipa desde la ventana del sótano.

Rudi se volvió, sorprendido.

—¡Estamos aquí! —Pipa sacó una mano por la reja de la ventana.

—En el... sótano —añadió Gloria en un susurro.

—Ah, sois vosotros —dijo Rudi, aliviado—. Esperad, ya voy.

—Da la vuelta a la casa... y luego baja las escaleras —le explicó Gloria.

Rudi se dispuso a seguir sus instrucciones y, por un momento, a Gloria se le pusieron los pelos de punta. ¡Rudi *Ojo de cristal* en su sótano!

—¿Y qué pasa... si nos asustamos nosotros? —preguntó.

—No te preocupes —la tranquilizó Pipa—. No se tiene miedo si ya sabes lo que va a pasar.

No se oía ni una mosca y todos esperaban ocultos en sus escondites.

—¡Gloria! —resonó la voz de Lucas en la escalera de la casa.

Luego, Lucas habló a otra persona:

—Pero, tío, ¿dónde se habrá metido ahora?

Otra voz contestó:

—¿No habrá bajado al sótano?

Gloria reconoció enseguida la suave voz de Fede.

—¡Nunca jamás! —se echó a reír Lucas—. Mi hermana es muy miedosa. Tengo una idea... Nos escondemos en el sótano, la llamamos y, cuando venga, ¡gritamos muy alto!

—No sé... —titubeó Fede—. Seguro que se lleva un susto de muerte.

—¡Pues claro, de eso se trata!

Los siete pares de ojos, que ya hacía rato que se habían acostumbrado a la oscuridad, observaron cómo Lucas y Fede bajaban las escaleras hacia el sótano. Lucas intentó encender la luz... sin éxito.

—¡Eh! ¿Qué pasa con la luz? —dijo, extrañado,
y volvió a probar. Todo siguió totalmente oscuro.
—Mejor volvemos arriba, ¿eh? —propuso Fede.
—¿No será que tienes miedo? —se echó a reír
Lucas—. Cuidado, no te vayas a hacer caquita
en los pant...
Ya no pudo terminar la frase.
La vieja puerta de madera del lavadero se abrió
como movida por una mano fantasmal y chirrió
de forma terrible. Luego se escuchó una risa
terrorífica: «¡JE, JEJÉ, JEJEJÉ!».
Lucas se agarró a Fede como un koala a la rama
de su árbol.
Olivia, que estaba sentada junto a Antón detrás
de la puerta del lavadero, empezó a hacer ruido
con las cadenas para la nieve del coche de su padre.
Antón metió la mano en un recipiente con agua
helada, luego la sacó por la rendija de la puerta
y agarró al hermano de Gloria por el tobillo.
Lucas chilló aterrorizado y saltó hacia un lado.

Pipa estaba muy cerca, detrás de una cortina,
y no desaprovechó la estupenda oportunidad
de meter a *Edison* en la pernera izquierda del
pantalón de Lucas.

La ratita blanca enseguida comenzó a correr
hacia arriba, buscando una salida de emergencia.

—¡Socorro! —gritó Lucas, al tiempo que
comenzaba un extraño baile para poder sacarse
a *Edison* del pantalón—. ¡Fueraaaa, bichooooo!

—¡Vámonos de aquí! —chilló Fede.

Lucy, que estaba justo al lado de Pipa, sacó a
Barbie Mariposa por detrás de la cortina y apretó
el botón.

—*Voy a devorarteeee...* —gruñó la Barbie con
voz muy profunda. Y como Lucy había grabado
menos texto del que se podía, la muñeca
continuó—: *¡Te quiero! ¿Nos vamos de compras?*

Gritando como locos, Lucas y Fede corrieron
hacia la salida. Por el camino hasta se cogieron
muy fuerte de la mano, muertos de miedo.

De pronto se escuchó un ruido que parecía un
arañazo.

—¡Allí! —gimió Fede mientras señalaba al suelo.
El regalo de cumpleaños de Antón para Lucy
avanzaba desde la caldera hacia el lavadero.

—¡Una mano cortada! —chilló Lucas—.
¡Vámonos de aquíííííí!

Empujó como pudo a su amigo hacia las
escaleras... y en ese momento, Rudi apareció por
un rincón.

—¡Hola-holita! —canturreó.

Los dos chicos dieron un gigantesco brinco hacia
un lado, chillando de pánico.

Rudi se sacó el ojo de cristal, lo puso en la palma
de su mano y se lo enseñó a los chicos.

Lucas soltó un alarido.

Rudi se asustó al oírlo y se puso a chillar muy
fuerte.

Fede también gritó, pero todavía más alto que
los demás.

Entre lamentos y gemidos, los dos chicos
subieron la escalera del sótano a gatas, en
dirección a la salida. Lejos de la oscuridad.

—¿No te llama nada la atención? —preguntó la madre de Gloria mientras ponía la mesa para la cena.

—Sí —respondió el padre sin dejar de mirar su teléfono móvil—. Lucas está muy callado.

—No, me refiero a mi peinado.

—¡Oh! —el padre de Gloria levantó la vista—. ¿Has estado en la peluquería?

—¿Es que no se nota? —preguntó la madre, decepcionada.

—No, porque siempre estás muy guapa —comentó el hombre sonriendo.

Su mujer le devolvió la sonrisa.

—¿Cómo os ha ido la tarde? —preguntó a los niños.

—¡Muy bien! —contestó Gloria, radiante.

La madre le acarició el pelo a Lucas, que seguía muy silencioso.

—Muchas gracias por ocuparte de tu hermana —le dijo—. Como premio, después de la cena puedes bajar al sótano a jugar un rato con los coches.

Pero Lucas no quiso.

No se atrevió ni siquiera a subir una botella de agua mineral del sótano.

Ese día, como excepción, tuvo que bajar Gloria.

13. Olivia prefiere dormir en otro sitio

Olivia no quería quedarse a dormir en su casa de ninguna de las maneras. Casi todos los días pasaba la noche con una amiga.

La semana anterior durmió dos veces en casa de Pipa y otra en casa de Lucy, pero nunca con Gloria.

Y eso que Gloria vivía en el mismo edificio. Incluso en el mismo piso. Sus habitaciones estaban pared con pared. Por tanto, no costaría nada que Olivia se pasara a dormir con Gloria.

Pero, desde la habitación de Gloria, Olivia oiría discutir a sus padres igual que en su casa.

Los padres de Olivia discutían sobre las cosas más extrañas: que si el papel higiénico no crece en las paredes, que si los coches no se arañan por arte de magia, que si las camisas no se planchan ellas solas...

Cuando Olivia quiso ir a dormir otra vez a casa de Pipa, su madre se negó.

—Hoy te quedas aquí —le ordenó, señalando el perro salchicha que estaba tumbado en su cestita y las miraba desde abajo—. *Hugo* se ha puesto enfermo porque nunca estás con él.

—Hola, Olivia —dijo el señor Piperton cuando ella llamó por teléfono a casa de Pipa—. ¿Qué tal?

—¿Está Pipa en casa? —preguntó Olivia, sin responder siquiera a la pregunta.

El señor Piperton enseguida se dio cuenta de que
se trataba de algo urgente y le pasó el teléfono a
su hija.

—¡*Sayonara*, Olivia! —saludó Pipa al teléfono—.
¿A qué hora vienes?

—No puedo. *Hugo* está enfermo.

—Ah, bueno. No te preocupes —dijo Pipa—.
Por suerte, yo conozco a la mejor veterinaria
del mundo. Puede curar a *Hugo*. Te la mando
enseguida.

Un ratito después sonó el timbre en casa de Olivia.
La madre se secó las manos, salió de la cocina
y abrió la puerta.

Allí estaba Pipa, vestida con una bata blanca de
médico.

Llevaba unas gruesas gafas de carnaval y un
pequeño maletín rojo en la mano.

—¡Buenas tardes! —dijo, entrando a la casa mientras la madre de Olivia se apartaba a un lado del pasillo—. Si me permite, soy la doctora Piperton. Me he enterado de que aquí hay un caso urgente.

La madre de Olivia arrugó la nariz. En una de las coletas de Pipa iba sentada *Edison,* que lo miraba todo con mucha curiosidad.

—He tenido que traerla —explicó la doctora Piperton en tono de disculpa—. No puedo dejarla sola en casa porque se pondría enferma.

Pipa y Olivia llevaron al paciente al cuarto de Olivia y lo dejaron sobre la cama.

La verdad es que pesaba bastante para ser un perro salchicha.

Pipa se sentó al lado de *Hugo* en el borde de la cama. El paciente rodó sobre su espalda y estiró muy formal las cuatro patas hacia el techo, permitiendo que lo explorase con toda calma.

La doctora Piperton le revisó la lengua y le miró
dentro de las orejas. Abrió su maletín de médico
y extrajo de él un extraño aparato consistente
en unos auriculares sujetos por una cadenita.
—Es mi estetoscopio —explicó ella, orgullosa,
mientras intentaba escuchar el corazón de *Hugo*.
Pero todo lo que oyó fueron las voces de los
padres de Olivia.

—¡¿Qué tontería es esta?! —decía el padre
desde la cocina—. ¿Ir con el coche al mercado
ecológico y encima comprar fruta empaquetada
en plástico?

—No puedo escuchar los latidos del corazón
—dijo la doctora Piperton—. O este perro está
muerto, o el estetoscopio no funciona.

Hugo se movió.

Por supuesto, estaba vivo.

—¡Si tú sabes hacerlo mejor, puedes ir a hacer
la compra! —exclamó la voz ofendida de la madre
de Olivia, también desde la cocina.

—Y lo haría... —contestó el padre—, ¡si no
tuviese que trabajar tanto para poder permitirme
el lujo de comprar peras ecológicas de
Sudáfrica!

Olivia casi se muere de la vergüenza.

—Lo siento mucho, Pipa —dijo mientras luchaba
contra las lágrimas. Sus ojos azules parecían
diminutas piscinas—. Siempre están discutiendo.

Pipa volvió a meter el estetoscopio en el maletín.
Hugo miró con curiosidad hacia arriba,
a la espera de su diagnóstico.

—Físicamente, todo parece estar en orden —dijo
la doctora Piperton, aunque no pudo resistirse a
ponerle al perro una bonita venda que llevaba
en su maletín—. Yo creo que lo que *Hugo* necesita
es un *perroquiatra.*

14 La doctora Piperton también es «perroquiatra»

—¿Un psiquiatra para perros? —replicó Olivia, que conocía muchas palabras raras—. ¿Te refieres a uno de esos que te tumban en un sillón y les cuentas tus problemas?

—¡Exacto! —respondió Pipa, entusiasmada—. Tenemos que descubrir lo que le pasa a *Hugo*. Algo le hace estar triste, ¡eso está más que claro! *Hugo* aulló para indicar que estaba de acuerdo.

—Pero si él no sabe hablar —replicó Olivia.

—¡Claro que sabe! Lo que pasa es que no le entendemos. A no ser que... —dijo la doctora

Piperton, mirando al paciente—: Tenemos que instalar una MTA.

—¿Una MTA?

—Sí, ¡una **M**áquina **T**raductora de **A**nimales! En América, yo resolví muchos problemas con una de ellas.

—¿Pudiste hablar con los animales?

—¡Cristalino! —sonrió la doctora Piperton—. Un día estuve hablando durante horas con un pingüino y lo curé porque echaba de menos el Polo. Otra vez curé de su complejo de inferioridad a una lombriz, ¡y ahora quiere ser presidenta de su país! ¿No es increíble?

—Sí —respondió Olivia, echándose a reír—. ¡Es totalmente increíble!

Por suerte, lo de montar una MTA parecía muy sencillo.

—Todo lo que necesitamos se puede encontrar en cualquier casa —dijo la doctora Piperton.

En el salón encontró unos auriculares.

Del cuarto de baño cogió un rizador de pelo.

Y en la habitación de Olivia eligió una diadema con antenas acabadas en estrellitas brillantes.

Pipa le colocó la diadema a *Hugo,* luego enrolló una de sus orejas colgantes en el rizador de pelo y anudó el cable con el cable de los auriculares, que se puso ella misma en las orejas.

—Bueno —dijo, sentándose en el suelo delante de *Hugo*—. Ya podemos empezar.

La doctora Piperton escuchó muy concentrada.

Hugo solo miraba.

Y como no pasaba nada, gimió en voz baja.

—Ajá —la doctora asintió con gesto serio.

—¿Qué pasa? —preguntó Olivia, preocupada, sentándose en la cama.

—¡Chiiisst! —dijo la doctora, colocándose un dedo delante de la boca—. ¿Y desde hace

cuánto tiempo dices que *Hugo* se encuentra así?
—preguntó.

Hugo arrugó la frente.

Miraba a Olivia y a Pipa alternativamente, muy
desconcertado.

Gimió un poco y, dado que no ocurría nada,
se puso a lamer la mano de Pipa.

—Sí, sí, sí..., ya entiendo —dijo la doctora Piperton, acariciando con cuidado la cabeza del animal—. Justo lo que yo había pensado. Pero créeme, *Hugo:* todo va a ir bien.

15

Pipa cura a Hugo

—¿Qué le pasa a *Hugo?*—preguntó la madre de Olivia cuando Pipa fue a la cocina a probar un trozo de tarta de pera.

—Depresión —respondió la doctora Piperton, sentándose en una silla.

El padre de Olivia se echó a reír:

—¿Depresión? ¿O sea, que está triste? ¿Y por qué?

—Bueno, tiene un miedo terrible de que ustedes se separen —explicó Pipa a los padres de Olivia—. Como les pasó a los padres de Lucy.

El padre se atragantó y la madre le dio unos golpecitos en la espalda hasta que escupió un trocito de pastel de pera sobre el plato. Cuando consiguió tranquilizarse, miró a Olivia, luego a su mujer y, por último, de nuevo a Pipa.

—¿Y cómo ha llegado usted a semejante conclusión, doctora Piperton? —preguntó, respirando con dificultad.

—Muy fácil —respondió Pipa—. *Hugo* dice que ustedes discuten constantemente.

Los padres de Olivia intercambiaron una rápida mirada. Sobre la mesa, como si fuera una manta, se extendió un incómodo silencio. La madre tragó saliva tan alto que todos pudieron escucharlo. Luego se inclinó hacia *Hugo*, que estaba debajo de la mesa, y se sentó a su lado en el suelo.

—Escúchame, *Hugo* —le dijo—: Siento mucho que de vez en cuando discutamos tan fuerte. Y que eso te asuste. Pero no debes preocuparte, porque nosotros no queremos separarnos.

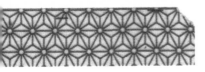

—Eso es verdad —afirmó el padre de Olivia,
sentándose también debajo de la mesa junto
a su mujer y al perro.

Olivia y Pipa escuchaban las voces que llegaban
amortiguadas por debajo del tablero de la mesa.

—Nunca nos habríamos imaginado que tú te ibas
a preocupar por eso, *Hugo*. Te prometo que en el
futuro tendremos más cuidado al hablar. ¡La
verdad es que nos queremos mucho! —terminó
el padre de Olivia.

Por fin, su mujer y él salieron de debajo de la mesa.
Tenían las caras coloradas y el pelo alborotado.
El padre cogió a *Hugo* en su regazo y lo acarició
debajo de la barbilla. Luego sonrió a su mujer,
y ella le devolvió la sonrisa.

Pipa y Olivia también sonrieron. *Hugo* los miraba
a todos con los ojos muy abiertos. No entendía
por qué, de repente, lo cogían en brazos justo
donde había comida, una cosa que siempre había
estado totalmente prohibida.

Olivia se preguntó si el pobre animal se habría
enterado de algo.

«A lo mejor sí», pensó. «Si no hubiera podido
comunicarse con él, la doctora Piperton no
habría sabido lo que le pasaba, ¿no?».

—¡Este pastel de pera está fantástico! —dijo
el padre de Olivia, lo que hizo reír a la madre,
y después a todos.

No podían parar.

Cuando se tranquilizaron un poco, los padres
se dieron un beso.

Olivia tenía una sonrisa de oreja a oreja, y *Hugo*
daba pequeños ladridos de felicidad y movía la
cola.

Pipa dejó que *Edison* se comiera las miguitas
que quedaban en su plato.

—¿Te vienes a dormir a mi casa, Olivia?
—preguntó—. Ya ves que *Hugo* se encuentra
mucho mejor.

Pero Olivia sacudió la cabeza muy sonriente:

—No, gracias. Creo que hoy me quedaré aquí.

PiPA y LA «FÓSIL»

16 Pipa tiene cargo de conciencia

Pipa galopaba detrás de sus padres por todo
el parque gritando «¡¡Yihaaaa!!» mientras
palmeaba el cuello de su bici *Leonardo*.
Era un día bastante despejado, con solo unas
nubecillas blancas en el cielo.
El señor Piperton quería enseñar a Pipa y a mamá
una estatua que le gustaba mucho. Y es que el
señor Piperton era escultor. En América hacía
esculturas de madera de indios famosos

y de animales del desierto para un parque
nacional.

—¡Sooo! —frenó Pipa, y *Leonardo* se detuvo de
inmediato.

La estatua que papá quería enseñarles estaba en
una pequeña colina en medio del parque.

No era un general o un rey, sino una mujer
haciendo el pino sobre una esfera.

A Pipa también le gustaba la estatua, pero le daba
cargo de conciencia porque aquella obra le
recordaba a la señora Tabaquen. Desde que Pipa
le escondió el móvil, la profesora parecía cada
vez más pequeña y blandita. Como un globo
al que se le escapa el aire.

A Pipa le encantaría devolverle el teléfono.

Pero, por desgracia, había un problema:
no tenía la menor idea de dónde lo había
escondido.

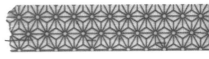

—Te puedo traer jalea real, para la memoria —le propuso Emi en el colegio—. Mi abuelo la toma porque siempre se olvida de que tiene que llevar una dieta.

—Mi padre también la toma —dijo Olivia—. Mamá le ha regalado una caja entera para que no se olvide de su aniversario de boda.

Pero Pipa no quería tomar jalea real.

—Yo puedo hipnotizarte —le propuso Olivia, mirándola fijamente a los ojos.

—¿En serio... puedes? —preguntó Gloria.

—Sí. Miraré muy concentrada a los ojos de Pipa el tiempo necesario hasta que se quede dormida —explicó Olivia—. Lo he visto en la tele. Una señora incluso se acordó de cosas de su vida anterior.

Pero Pipa no quería acordarse de su vida anterior:

—¿Y qué pasa si recuerdo algo de la Edad de Piedra? ¿Y si estoy en mi cueva, tengo una muela picada y no hay un dentista por ningún lado?

—¡Yo tengo la solución! —exclamó Antón—. ¡Podemos hacer como si fuésemos la policía criminal! —su padre era policía, claro.

—¿Quieres que vayamos a buscar un perro policía? —preguntó Olivia—. Porque, desde luego, *Hugo* no sirve para eso. No es capaz ni de encontrar sus chuches para perro cuando papá se las esconde debajo de sus narices.

—No, pero podemos preguntar a todos los testigos que estuvieron cuando escondimos el móvil —respondió Antón—. Eso es justo lo que hace la poli criminal.

—¡Yo no vi nada! —chilló Emi con voz aguda—. Estaba en el pasillo, detrás de la planta y eso...

—Yo tampoco —dijo Antón—. En ese momento vigilaba el baño de profesores...

Tampoco Gloria, Lucy y Olivia se acordaban de nada, a pesar de que ellas sí estaban en la clase cuando Pipa escondió el teléfono.

Era cosa de brujas. Nadie había visto nada.

Cuando la señora Tabaquen entró en clase, las chicas seguían hablando entre ellas.

—No es culpa tuya —consolaba Lucy a Pipa—. La *Fósil* no está triste porque haya perdido el móvil. Está triste porque no puede escribir al *Salchichita*. Solo tiene mal de amores.

—Ahora, sacad vuestros cuadernos —dijo la profesora—. Hoy vamos a practicar cómo se escribe una carta.

—¿Una carta de amor? —se rio Emi.

—No. Una carta a vuestro tío de Australia. Imaginaos que tenéis un tío que quiere venir de visita y, por esa razón, le vais a escribir una carta —explicó la señora Tabaquen, echando un vistazo a su reloj—. Tenéis veinte minutos. Preparados, listos, ya.

Rápidamente, los chicos abrieron los cuadernos y se pusieron a escribir.

Pipa fue la única que no lo hizo. Miró pensativa su bolígrafo. Emi y Lucy le habían dado una idea. ¡Una idea genial!

17 La carta de amor

Para Pipa, el hecho de que la señora Tabaquen no tuviera su móvil no impedía que pudiera seguir manteniendo el contacto con su querido *Salchichita*.

Porque resulta que también le podía escribir una carta.

O incluso podía ser el *Salchichita* quien se la escribiese a ella.

Con mucho cuidado, Pipa arrancó una hoja de su cuaderno y empezó a escribir con una preciosa caligrafía de adulto:

Querida Fósil:

No, lo tachó todo, arrancó otra hoja del cuaderno
y empezó de nuevo a escribir la siguiente carta:

Estimada señora Tabaquen:
No es tan grave que no tenga móbvil.
También podemos escribvirnos cartas.
O incluso quedar. Podemos subir
a la montaña rusa en las fiestas.
O comernos un ~~elado~~ helado.
O ~~asta~~ hasta tirarnos de bomba en la piscina.
Mañana voy a llevar a su marabvillosa
clase a natación. ¿Qué le parece si se bviene
y me hace compañía? A mí me ~~aría~~ haría
mucha ilusión, ~~lla~~ ya que la quiero.
Muchos besos.
Atentamente,

~~Salch~~... El profesor de gimnasia

Pipa releyó la carta y le echó un vistazo al reloj
que estaba colgado sobre la puerta del aula.
¡Muy bien!
Aún le quedaban cinco minutos para escribir
la carta al tío de Australia.
Rápidamente empezó a garabatear:

Querido tío:
Me ~~h~~alegro mucho de tu visita.
Podemos ~~ablarlo~~ hablarlo todo
por teléfono.
Muchos besos de

                          Pipa

Cuando la señora Tabaquen recorrió las filas
de pupitres para recoger los cuadernos, Pipa
le metió la carta de amor a escondidas
en el bolso.

—Cuando llegue a su casa —explicó al resto de los chicos en el recreo—, la profe la encontrará...

—... y creerá que el *Salchichita* le ha metido la carta en el bolso —terminó Olivia, entusiasmada.

—¡Genial! —exclamó Lucy.

Pipa asintió. Estaba muy contenta con su plan.

Al día siguiente, la señora Tabaquen llegó de muy buen humor. Llevaba una gran bolsa de colorines con las cosas para la piscina dentro.

Silbando, acompañó a los chicos a natación.

—¡Señora Tabaquen! —exclamó el *Salchichita* muy sonriente al verla—. ¡Qué bien que haya venido! Ya pensaba que estaba intentando darme esquinazo.

—¡De ninguna manera! —susurró la profesora, muy nerviosa y con los mofletes colorados—. Yo... yo es que he perdido mi móvil.

Pipa se asustó.

¿Es que el *Salchichita* no lo sabía?

¡Pero si se lo había escrito en la carta de amor!

¿Se destaparía todo el engaño?

Pipa contuvo la respiración.

—¡Ah, sí! —dijo el *Salchichita* muy tranquilo—.
Ya me había extrañado que no volviese a
escribirme usted ningún mensaje.

—También podemos escribirnos cartas...
—comentó la señora Tabaquen—. O quedar para
subir a la montaña rusa en las fiestas, o tomarnos
un helado... —dijo, guiñándole un ojo sin querer
a Pipa, como si se le hubiera metido algo dentro.

Pipa se puso totalmente roja.

—¡Claaaro! —tartamudeó el *Salchichita,* y se
puso aún más colorado que Pipa y la señora
Tabaquen juntas.

—Bueno... —la profesora sonrió, dio un par de
saltitos para acercarse al borde de la piscina y
se metió en el agua por la escalerilla.

Cuantos más peldaños bajaba, más ligera se sentía.
Hasta que finalmente era como una pluma, como
una bailarina danzando en la piscina de color azul
cielo.

Pipa pensó que la señora Tabaquen ya no tenía
el aspecto de un fósil aburrido.

Más bien parecía estar muy, muy feliz.

18. El descubrimiento de la «Fósil»

Cuando la señora Tabaquen fue a apuntar los deberes en la pizarra, necesitó una tiza nueva.

Y en ese momento hizo el descubrimiento...

—¡Aquí está! —suspiró, y sacó el móvil de la caja de las tizas.

—¿Ha visto? —le dijo Pipa muy contenta—. ¡Ahora usted también es una descubridora!

—¿Tienes tú algo que ver...?

Pipa asintió, orgullosa.

La señora Tabaquen sacudió la cabeza y dijo:

—Filipa Piperton: tú lo que necesitas son unas fronteras muy bien marcadas.

—¡Oh, sí! —exclamó Pipa—. Me gusta que haya fronteras. Así, ¡después podrán hacerme un monumento!

—¿Un monumento? ¿A ti?

—¡Cristalino! ¡Según vaya superando todas esas fronteras! Como Napoleón y Julio César. ¡Ellos consiguieron atravesar una gran cantidad de fronteras y les hicieron muchos monumentos!

Por la noche, una luz estuvo encendida mucho tiempo en casa de los Piperton.

Pipa estaba sentada con su padre en el taller y miraba cómo él realizaba una preciosa estatua de mamá.

—¿Después me harás una a mí? —preguntó.

—¡Cristalino! —contestó el padre sonriendo—. Me temo que eso es algo irremediable.

Pipa suspiró satisfecha imaginando su estatua:
estaría sentada sobre *Leonardo,* y *Edison* colgaría
de su trenza columpio.
En la mano izquierda llevaría un destornillador
para blandirlo como si fuera una antorcha, un
símbolo de que era una verdadera descubridora.

Y en la mano derecha llevaría sus prismáticos para buscar nuevas aventuras.

«¡Va a ser un monumento maravilloso!», pensó Pipa, imaginando que en el futuro tendría que superar todavía muchas, muchas fronteras...

Pipa Piperton
La descubridora e inventora más famosa del siglo XXI
Superó algunas fronteras

Esta ha sido la primera de las aventuras de

¿Te ha gustado?
Pues ahora, Pipa va a darte
un par de consejos geniales...

¡Sayonara!
Aquí tienes dos consejos sobre el peinado y el terror.

Cómo hacerte unas trenzas columpio:

Necesitas:
1 cepillo
2 gomas para el pelo
2 cintas

Esas trenzas enrolladas son un peinado muy práctico, sobre todo cuando tienes en casa un ratón o una ratita a los que les guste columpiarse. ¡Ojo!: no sirven para un mono, a no ser que sea muy pequeñito o que tú midas por lo menos 10 metros de alto.

Divide el pelo en dos partes y hazte una trenza a la derecha y otra a la izquierda. Es muy importante que las trenzas lleguen lo más abajo posible. Los extremos de las trenzas deben ser muy pequeños para que después no te hagan cosquillas en los oídos.

Ahora pon una goma del pelo alrededor de cada trenza y gíralas en dirección a la oreja. Introduce el final de cada trenza en el principio de la misma, pasa una cinta a través de la rosca de pelo y ata el extremo de la trenza con la cinta.

¡Listo!

Cómo hacerte tu propio tren fantasma:

Necesitas:
1 pañuelo de seda (en el bolsillo del pantalón)
cadenas de coche para la nieve
1 cuenco con agua helada
1 guante (mejor de goma)
1 linterna
2 o 3 amigos
1 abuelito

Para hacer un tren fantasma, lo mejor es que la habitación en cuestión esté bastante oscura. Lo primero es, por tanto, apagar las luces y bajar las persianas. Si no tienes persianas, debes esperar a que se haga de noche.

El recorrido del tren también se puede realizar en el pasillo. Las puertas de las habitaciones deberán estar cerradas, excepto algunas que solo quedarán entornadas, y detrás de ellas estarán esperando tus amigos...

Le puedes pedir a cada invitado un cromo o una chuche para entrar en el tren, aunque debes devolvérselo a quien no haya tenido miedo. No vale eso de decir que alguien no ha pasado miedo a pesar de que ha estado gritando; es una trola y no sirve de nada.

Cuando todo esté preparado, lleva a tu invitado al pasillo oscuro. Para darle ambiente, tápale la cara con el pañuelo de seda. Lo sentirá como una tela de araña y ya se llevará un buen susto. Después podéis empezar a andar muy despacio.

Uno de tus amigos, desde detrás de la puerta de la cocina, hará sonar las cadenas y lanzará una carcajada lo más tétrica posible.

Detrás de la puerta del baño estará esperando otro amigo con el cuenco lleno de agua helada. Cuando paséis por delante, bastará con que tu amigo meta el guante en el agua helada y luego sujete el tobillo del invitado con su gélida mano. ¡Cualquiera empezará a dar gritos!

Para terminar, viene lo más horrible: de repente, tu abuelito aparece en un rincón. Deberá llevar una linterna colocada debajo de la barbilla y tendrá que encenderla para que le alumbre la cara cuando el invitado llegue a su altura. Esto, naturalmente, también lo puede hacer tu madre, pues su cara, aunque sea guapa, también provocará horror al estar iluminada desde abajo. No obstante, siempre es mejor un abuelito, que suele tener la nariz y las orejas más largas.

¡Que te diviertas!

Pipa

¡Diviértete
con Pipa Piperton!

n.º 2

¡En el colegio de Pipa se celebra la semana
de las mascotas! Y eso pone en apuros a Emi,
Gloria y los demás amigos.
¿Cómo se puede llevar un animal doméstico al cole
si no se tiene uno en casa? ¿Cómo recuperar a un
canario que se ha perdido? ¿O a un gato vampiro?
¿O incluso a un perro salchicha castaño claro
de pelo corto que pesa unos cinco kilos?

¡Las respuestas solo las sabe Pipa Piperton!

antes

ahora

Charlotte Habersack tuvo una *pipainfancia*
muy feliz en Múnich (Alemania), con una casita
en un árbol, dos hermanas y un montón
de libros. A los siete años se sentó por primera
vez delante de la máquina de escribir
de su madre y empezó a contar historias.
Desde entonces, nunca ha dejado de hacerlo.
Hoy se dedica sobre todo a los guiones
de televisión y..., ¡cristalino!, a escribir gran
cantidad de libros infantiles.
Durante las vacaciones le gusta viajar con
su moto a través de África y Europa oriental.
Vive con su marido y sus hijos en una casita
de Múnich.

antes

ahora

Cuando a **Melanie Garanin** le hablaron
por primera vez de Pipa Piperton por teléfono,
acababa de meter por error a su gato en la
conejera.

Esas cosas pueden pasar, y por eso encontró casi
normales las locas aventuras de Pipa.

En su casa convive con tres galgos, el poni *Tinka,*
un mágico caballo blanco y cuatro niños que
siempre están rondando a su alrededor.

Melanie reside con su familia en las cercanías
de Berlín (Alemania) e ilustra libros infantiles
y películas de dibujos animados.

Título original: *Pippa Pepperkorn neu in der Klasse,*
publicado por primera vez en Alemania por Carlsen Verlag GmbH
© Carlsen Verlag GmbH, Hamburgo, 2013
Ilustraciones de cubierta e interior: Melanie Garanin
Diseño de cubierta: Sabine Reddig
Este libro se ha negociado a través de Ute Körner Literary Agent, S. L.
www.uklitag.com

Traducción: © Eva Nieto Silva, 2015

© Grupo Editorial Bruño, S. L., 2015
Juan Ignacio Luca de Tena, 15; 28027 Madrid

Dirección Editorial: Isabel Carril
Coordinación Editorial: Begoña Lozano
Edición: Cristina González
Preimpresión: Francisco Gónzalez

ISBN: 978-84-696-0246-1
D. legal: M-7126-2015

www.brunolibros.es

1X1